IMPERIUM

DOMINGO
DE LA RESACA AL SUSPIRO

ITXASO CABRERA GIL
ALBA NÚÑEZ GONZÁLEZ

CIVITAS

A quienes acompañan en el suspiro

Este libro terminó de escribirse en el mismo lugar donde comenzó: en un *tambito* de Cusco (Perú) la noche del domingo 10 de diciembre de 2023. Meses de aprendizaje, vivencias, amistad y muchos mates de coca lo hicieron posible.

www.imperiumediciones.com

imperiumedicion

Imperium Ediciones

Primera edición: enero 2026
Segunda edición: marzo 2026

© De esta edición: Imperium Ediciones
© De los textos: Itxaso Cabrera Gil y Alba Núñez González
© Imagen de portada: Itxaso Cabrera Gil
   Puente de los Suspiros, distrito de Barranco, Lima, Perú.
   4 de diciembre de 2023

Maquetación: María Pilar López Pinilla

ISBN: 979-13-990988-1-5
D.L.: Z-1882-2025
Impreso en España – Unión Europea

PRÓLOGO

Sergio Tubío Rey

No es de extrañar que esta historia, que ahora tenéis en vuestras manos, surgiera en un lugar a miles de kilómetros de sus casas, donde Alba e Itxaso se encontraban ayudando a niñas y adolescentes a encontrar luz en un mundo que se había vuelto demasiado oscuro para ellas.

Tantas vivencias que han acompañado a las autoras a lo largo de sus vidas, personales y laborales, han conseguido crear un libro que no es sino el libro de todas y todos nosotros. No nos costará reconocernos en sus episodios, montados en una montaña rusa de triunfos y de fracasos, de luces y sombras, de claros y oscuros, de risas y de lágrimas. De domingos de resaca y de domingos de suspiros.

Os invito a que os acerquéis con cariño a los personajes que pueblan estas páginas, que lo hagáis desprovistos de prejuicios, de frágiles moralismos y os vistáis de empatía y de humanidad. Que reflexionéis sobre la fragilidad de la vida y sobre la fortaleza arrolladora que la mantiene a través de los siglos, fundamentada en principios como el amor y la amistad.

Que os embarquéis, a través de estas páginas, en un viaje por el mundo y emprendáis también, quizás el más importante de todos, un viaje hacia vuestro interior.

1. DOMINGO IMPAR

Otra vez, otro domingo de mierda sentada en esta sala vacía, fría y con esa luz de pescadería que no soporto. Otra vez enfrente de ella, esperando a que me arranque las palabras mientras yo me arranco la piel. No soporto esta silla, ni el andar despistado de mis pensamientos debido a una cantidad insufrible de medicamentos que tengo que tragarme a la fuerza todos los días. La repercusión de no hacerlo me aterra tanto que prefiero vivir anestesiada a pagar las consecuencias de aprenderme de nuevo el techo de memoria de esa habitación deshumanizada.

Su voz pausada me suena a susurro dentro de ese lugar desconocido; de nuevo, sus palabras de ayuda que me entran por un oído intentando taladrar cualquier espacio a descubrir de mi cerebro. Son las nueve y media de la mañana y el minutero del reloj caprichoso pasa más lento que cualquier otro domingo. Me recuerda a aquellas tardes de metro en las que los túneles de la ciudad no hacían más que atraparme viva, en las que simplemente nunca, en ningún momento, me pasaba nada.

Vuelve a taladrarme con esa voz aguda, con ese insistir incesante, con esas palabras que a veces saben a silencio y yo vuelvo a viajar allí, a esa vida que, en lugar de cambiarme a mí, solo cambiaba fuera de mí.

A decir verdad, no sé qué mira, no sé qué busca quitándome de mi silencio, qué pretende con sacarme de ese adentro tan mío y, al mismo tiempo, de nadie; no sé qué piensa, no sé qué quiere encontrar. ¿Qué hace aquí, pudiendo vivir? Ya me arrebaté la vida, pero ella, tan pedante en sus palabras, tan elegante en sus frases hechas de manual, tan discreta en sus silencios y solo preocupada por ocultar su rutina. Estoy segura que cuatro gatos le ronronean antes de ir a acostarse, que se pasa las tardes de charla en charla para, al día siguiente, decírmelas aquí como si de un guion de una película de sobremesa se tratara y que los fines de semana me utiliza como ejemplo de su buen hacer profesional mientras la cerveza le llena los labios de espuma. Ríe con sus amigas. Vuelve a empaparse la sangre de cualquier otra copa que le hace no poder dejar de hablar de mi vida llegando hasta la risa, despreocupándose entonces de que son mis vísceras las que siguen enganchadas a un pasado que no me deja respirar. Y respiro, y vuelvo a pensar que igual no es así, que pasa sus tardes adormecida, anestesiada con nuestras charlas, que, al despertar, su único afán es saber más y más de mí. Y de nuevo aquí estoy otro domingo de mierda: sentada en esta sala tan vacía.

2. DOMINGO PAR

Estoy de nuevo allí, sentada en la misma terraza, con el mismo humo entre mis labios, sin poder dejar de mover mis piernas; el calor de la ciudad empapa hasta mi último poro. Cinco minutos para entrar, cinco minutos que intento estirar para que la tarde no se me haga más pesada que las anteriores, para que el pitillo no diga que me quedan por delante horas y horas de soportar a turistas y a borrachos que, atormentados por el verano infernal de Córdoba, no quieren más que contarme sus vidas tristes para olvidarse que, una temporada más, no pueden escaparse a cualquier playa abarrotada. Tiro el cigarro. Piso la colilla. Pisaría la cabeza de mi jefe siempre que le escucho gritarme con ese «nena» infame que nunca le di permiso a utilizar.

Sirvo la primera caña, otra más y más hasta que mi actuar como «camarera» se vuelve mecánico y llego a olvidar hasta mi propio nombre. Servilletas llenas de grasa. Las calles quedan vacías mientras el denso olor de la cocina recarga el ambiente. Guiris perdidos, rojos como cangrejos que no cesan en su abanicar de lunares mientras la terraza intenta, en vano, refrescar al personal. Personal que, por visitar la Mezquita en treinta minutos, piensan que ya conocen mi ciudad. Personal que, por esforzarse para pronunciar cualquier plato, solo buscan una sonrisa entrecortada de alguien que, al igual que a mí, le pesan los párpados, de alguien que vive harta de transmitir la misma falsedad que ellos cuando lleguen a su casa y cuenten por cualquier medio que estos días de más de cuarenta grados han sido los más fascinantes de su vida. La costumbre de sus propinas solo es una pequeña venganza a mi jefe que, aferrado a su móvil y a dirigir el bar como si fuéramos chavales en un partido de fútbol de fin de semana, no se entera de nada. Ni tradicional ni moderno, un bar de metal con las letras casi vacías, cegadas por el sol que insultan a tantos años de historia familiar y que ahora cae en la gestión de alguien que llena sus días en pensar cómo serán sus lunes, aferrado a la máquina tragaperras y al medio de vino de cualquier otra tasca cerca de su casa.

Descanso. Cinco minutos más. La nicotina me sabe a gloria. Quemaría mis dedos por cinco minutos más fuera de este antro. Cinco minutos más contemplando a vendehúmos que solo intentan engañar a familias de extranjeros vendiendo actuaciones falsas de flamenco, un *sacapastas* para la colección de quienes, sin ningún tipo de interés por la cultura real, prefieren dejarse llevar por los cuatro idiotas que quedamos aquí en verano intentando soñar con algunos días lejos de este calor. «Nena», de nuevo el imbécil de mi jefe me reclama, «hoy tendrás que quedarte un ratito más, que esos de allí parece que no tienen prisa».

Vuelvo a casa, mi bici recorre las calles vacías. Cuesta Blanco Belmonte. Calle Jesús y María. Plaza de las Tendillas. El agua

14

me refresca cuando la fuente se activa debajo de mí. Pedaleo. Es el único instante de este día que me siento viva, sin parecer una autómata que únicamente atiende órdenes.

La cuesta de la calle Nueva me deja ver la luz de casa encendida. Por fin, alguien me espera sin que un plato de grasa manche mis manos. Gabi escucha mis llaves, el ruido de la televisión se calma y le da una tregua a la noche avanzada. Sonrío, tengo ganas de abrazarla. No viene, se queda pausada en el pasillo. Me mira con nostalgia, inmóvil, con ganas de desaparecer de allí. La luz indirecta cercana al sofá parpadea, ilumina sus ojos llorosos. El viejo ventilador que gira rápido es el único que se atreve a cortar este silencio. No sé qué pasa. «¿Qué pasa, Gabi?», grito sin voz. El nudo de la garganta apenas me deja hablar, las gotas de sudor entremezcladas con las de la Plaza recorren frías mi sien, siento un escalofrío que me lleva a acercarme, mientras ella, poco a poco, se distancia, se aparta, se aleja y sé que no es solo su cuerpo el que quiere irse.

Me siento como una niña sin noche de Reyes que no comprende qué pasa, que no encuentra sus regalos debajo de ningún árbol y nadie le da ninguna explicación. Me recuesto en el sofá. La llamo. No responde. El cerrojo del baño lleva tanto tiempo cerrado que mi mente teme que se haya podido oxidar con ella dentro. El temblor de mis piernas vuelve a activarse de nuevo. Espero una eternidad. Busco un cigarro, el mechero prende la madrugada oscura. Quemo cinco minutos que me parecen infinitos. El calor de nuevo me abrasa la cabeza, el verano no quiere acompañarme en esta incertidumbre y los pensamientos hacen que lo sienta cada vez más. Pasa un cigarro, otro y, al tercero, cuando mis pasos se aproximan a reclamar a Gabi, la puerta chirriante del baño se torna. Me mira como si fuera la primera vez que me ve. Como si no entendiera quién soy ni qué hago allí. Como si una persona desconocida hubiera invadido su espacio, hubiera asaltado su casa y le hubiera pillado a punto de cometer el mayor de los robos posibles de toda la historia. En ese momento, comprendí todo.

3. DOMINGO IMPAR

A punto de deshacerse en mil añicos
ansían tus ojos negros mis respuestas,
parecen saberlo antes de empezar.

Como el último latido de un luchador
me aferro a tu calor con todas mis fuerzas,
pero en tu pecho ya no encuentro mi paz.

No quiero que acabe este momento.
Que nada rompa nuestro silencio.
Lo siento cariño, no puedo más.
Lucha eterna entre amor y libertad,
esto se está convirtiendo en una jaula
que no me deja volar.
Mi veleta marca otra dirección,
pero no me dejes escapar.
¿Por qué todo o nada?
Quiero que sigamos compartiendo el mismo mar,
pero en mi barca no entra nadie más.
Nos vamos a ahogar.

«Nena». Y me ahogué. Nos ahogamos. «¡Nena!». Hace más de tres meses que Gabi no está. Que decidió dejar vacía la casa y mi vida. Apenas me dio explicaciones. Se fue, no sé por qué ni a dónde. Su portazo se repetía como un pensamiento intrusivo, indestructible y repetitivo en mi mente. «¡Nena!». Este verano ha sido el más infernal que recuerdo. «¡Nena, joder, que vengas! ¿Estás sorda o qué?». El imbécil de mi jefe sigue más imbécil que nunca. Mi vida se ha anestesiado. Plaza de las Tendillas. Calle Jesús y María. Cuesta Blanco Belmonte. Jornada de ajetreo, rodeada de grasa, entre conversaciones sin sentido. Y vuelta hacia aquella casa vacía de vida que un día fue de mi abuela y ahora ocupo como quien se adueña de una madriguera que no le pertenece.

Lloro. Lloro todas las noches cuando el recuerdo de Gabi me atormenta la mente, cuando sus palabras de lástima entraron por mi pecho y se distribuyeron por cualquier recoveco que, hasta ese momento, desconocía, llegando a romperme en mil pedazos. Me recojo de nuevo e intento pegar mis partes rotas, dejando que, entre los huequitos que no encuentro, penetre algo de luz. Pero incluso ese resquicio de luz me recuerda a ella. A su sonrisa tímida el día que nos conocimos. A sus lunares de la espalda el día que nos descubrimos. A sus ganas de vivir el día que nos besamos.

4. DOMINGO PAR

Gabi apenas había aterrizado en España cuando yo ya la esperaba con los brazos abiertos. No conocía su voz que, más tarde, me susurraría al oído, que me cantaría canciones que me desvelarían más de una vez. No conocía las yemas de sus dedos que me desnudarían con la lentitud de un relámpago. Relámpago que atravesaría mi columna vertebral hasta hacer que explotaran todos mis sentidos. No conocía su mirada, esa que me derretiría cualquier noche heladora, noche en la que buscaba el calor en su pecho para amanecer cualquier domingo con las mismas sábanas empapadas.

«Nenas, me tenéis hasta los cojones, ¿podéis dejar de hablar de una puta vez y estar a lo que estamos?». Ese fue el día en el que Gabi decidió mandar a la mierda al gilipollas de nuestro jefe y empezamos a vernos después del trabajo en el que nos conocimos.

Siempre he sido tan cobarde que, en aquel momento, no tuve las fuerzas para irme detrás de ella, pero cuando acabé mi turno y la vi esperando en mitad de la plaza con una botella de pisco, supe que hay destinos que no tienen por qué elegirse. Aquella noche, Gabi me enseñó que hay marineras en tierra, limeñas que han perdido su faro y viajan buscando una luz que les guíen en su camino. Fue entonces cuando quisimos ser eso: una luz cegadora y nos prometimos seguir dándonos siempre lumbre.

Aquella noche, la calleja de las Flores se enmudeció y el rumbo de mi camino desorientado, por fin, sentía haber encontrado su brújula. Dejé de regalar los besos a desconocidos, a arrojar caricias a quien no las merecía, a olvidarme de las copas de vino para lanzarme directamente a sus labios y ser del único lugar de donde quería beber. Y suena romántico, era fácil en aquel lugar donde solo nos interrumpía el caer de las gotas de la fuente, algún ladrido solitario y el latido acelerado de mi pulso. No nos importó que siglos de historia iluminaran la ciudad califal, nuestras espaldas estaban a buen recaudo. No había monumento posible que pudiera despistarme cuando sus manos se enredaron con las mías.

5. DOMINGO IMPAR

Ahí estaba yo de nuevo, habiendo cambiado sus labios por otro cigarro más, echándola de menos, convencida de que nunca iba a volver.

Ella, la persona a la que fui capaz de entregarle todas mis virtudes para arrancarme cualquiera de mis vicios. Segura de que alguien como yo no merecía siquiera que sus minutos se cruzaran con los míos, que nuestros pies se enlazaran para esquivar cualquier tropiezo. Anestesiada con sus palabras, solo podía buscar esa sensación cuando sola, tan sola, bebía de nuevo otra copa de vino para borrar el recuerdo, sin ningún éxito, de Gabi.

Las legañas de mis pasos tardaron en limpiarse, el corazón cicatrizado buscaba un norte que me hiciera olvidarla. Los días desde Goienkale comenzaron a verse distintos, lluviosos, días que aproveché para limpiarme de nuevo. Comencé a dejar de lado mis noches de insomnio, a salir de mí para lamerme las heridas, a dejar atrás tres meses de llanto en la ciudad donde todo hablaba de ella, donde los bares guardaban nuestras risas y los callejones el secreto de nuestros gemidos, donde el viejo sofá se había quedado frío. Tan frío que ya no pude aguantar más aquel invierno en agosto.

6. DOMINGO PAR

Bilbao fue la fuerza necesaria para acabar con aquel dolor. Cuando necesité salir de Córdoba, la vida me devolvió la moneda, esa vez de cara o, al menos, eso pensaba yo. Dejé de ir a trabajar al bar después de recibir la última paga, di por perdidas las horas extras y, simplemente, me marché. Busqué en todas las direcciones y todas parecían apuntar allí.

Cerquita de la Plaza Moyua, en la calle de Astarloa, mi colega de la universidad, Urresti, me consiguió un trabajo; además, me dejó quedarme en su casa por un alquiler casi testimonial. Había abierto su propia sala de exposiciones y necesitaba a alguien que le ayudara a impulsar el nuevo proyecto que estaba empezando. No era el trabajo de mi vida ni tampoco iba a ayudarme a hacerme rica, pero tenía claro que Urresti sabía que yo era alguien en quien confiar y que dominaba el arte contemporáneo mucho mejor que él. Lo que nos diferenciaba era que mi amigo tenía una familia que le podía pagar sus sueños en forma de negocio.

Su *aita* le había abierto la sala, una galería modesta, pero que pronto se abriría paso entre el mundo artístico de la ciudad. Su apellido era conocido por la fama de una familia con recursos ligada a la historia vizcaína; él solo tenía que portar el cartel con el mismo apellido que, décadas antes, había alcanzado la gloria para que todo el mundo se hiciera eco de ello: Galería Urresti.

Atrás quedaban mis noches de servir copas y las tardes de oler a frito. La llamada de Urresti fue el trampolín que me lanzó a dejar atrás todo aquello, a sentirme libre, a dibujar algo parecido al futuro que pensaba que nunca iba a llegar.

Guardé en una cajita la sonrisa de Gabi al despertar, su forma de amar y, justo cuando el día acababa de empezar, me acerqué a la ría para allí lanzarla. Rescaté la sensación de paz y olvidé aquella inseguridad que, tras ella, me impedía volver a amar. El agua, habitualmente calmada, se alteró al tener el encargo de llevarla al mar, de dejar correr el tiempo y de darle sal a las cicatrices de mis recuerdos. Acabó el carnaval y yo decidí arrancarme cualquier máscara. Quería salir de aquella rueda que solo hacía sentirme como un hámster agotado. Me lancé a olvidar a Gabi. Ella se había ido, había querido desaparecer y yo comenzaba de nuevo a intentar ser yo.

Asimilarlo no significó que no doliera, sino que pude mirar más noches de sábado a más almas perdidas a la cara, intentando encontrar algo tras los ojos de desconocidos. Nunca encontraba nada, solo un cuerpo vacío, una historia perdida, alguien que llenaba sus ratos con sexo para olvidar. No paré a pensarlo, mis domingos de resaca me impedían recordar; solo así podía seguir respirando sin que el aliento se me entrecortara de nuevo.

Las noches se volvían cada vez más largas mientras mis días eran casi testimoniales. Urresti fue presentándome a gente del mundo del arte. El piso donde compartíamos mañanas de sueño con sofás ocupados por desconocidos, se convertía, por las noches, en el lugar de reunión de copas rotas, guitarras rasgadas y compases que buscaban cambiar el mundo a través de los colores de pinceles soñadores. Había drogas, muchas d r o g a s.

Las primeras veces fue algo ocasional, lo había hecho antes y no creía que fuese una de esas personas a las que alguna pastilla pudiera sentarle demasiado mal. Cuando estaba muy borracha y las copas, los besos y los cigarros se quedaban cortos y todo parecía haberse consumido, casualmente, siempre había alguien que estaba dispuesto a invitarme a cualquier sustancia que eliminara un pequeño atisbo de desasosiego para alargar mi noche hasta acabar muerta de risa o, mejor dicho, de placer en un nuevo sofá o en otras tantas camas. Todo me parecía tan diferente que solo quería probarlo una y otra vez, noche tras noche. Alejada de todo lo conocido me sentía más poderosa, con más fuerza que nunca, sin ningún vestigio del pasado que pudiera hacerme tambalear lo más mínimo. Bilbao me estaba dando la oportunidad de conocer gente, de olvidarme de aquella camarera a la que se le había congelado la sangre y no tenía ninguna capacidad de pensar. Bilbao me hizo olvidarme de quién yo era. De hecho, sentía que no tenía nada que ver con esa chica de unos cuantos meses atrás. Me sentía libre sin tener que rendir cuentas a mi conciencia y lo mejor de todo: a nadie.

Cuando le daba tregua a la luna, el verde cercano a la ciudad me devolvía un poquito del oxígeno que me robaban las noches. Cuando quería volver a mi sur, los pasos tradicionales me llevaban hasta el Pagasarri. El Serantes me daba la perspectiva que necesitaba, me ayudaba a conocer mi horizonte, a descubrir mis límites y poder eliminarlos cada día más. Desde lo alto de Zugaztieta encontraba la calma y, al mismo tiempo, me sentía insignificante. Cierta melancolía invadía mis pasos para volver de nuevo a respirar; respirar y coger el aire necesario para seguir en un camino de liberación. Liberación que encontraba plena en otro lugar no muy lejano, en el Gorbea. Mis pensamientos, raramente, se arremolinaban. Dejaba que fueran del aire, de las mañanas con neblina o los mediodías con *zirimiri*, de aquellas tardes soleadas y de los lunes con los ojos cerrados donde dentro de mí permitía que fluyera cualquier tipo de sueño para cumplirlo a lo largo del resto de la semana.

Las tardes pasaban rápidas. Urresti confiaba en mí todo el trabajo; él se dedicaba a las relaciones, a establecer nuevos contactos. A mí «solo» me tocaba todo lo demás: gestionar el resto de asuntos. Las agendas de exposiciones mensuales eran mi día a día. Además, tenía que soportar el ego desmedido de aquellos que con pincel en mano y la educación en el bolsillo olvidaban cualquier amabilidad en cuanto abrían la boca para pedir antojos imposibles. Un día a día que, pese a aguantar a algún que otro don nadie con firmas pasajeras, paradójicamente me hacía sentirme viva, más viva que cualquier acuarela a punto de imaginarse, que cualquier trozo de madera en el instante previo a ser tallado y más conectada conmigo que cualquier nueva obra en el momento que es presentada. Me había convertido en mi propia musa, en alguien que me gustaba ser y que ni siquiera antes me había permitido conocer. Estaba viva, joder, por fin más viva que nunca.

Urresti llevaba un ritmo acelerado, pero siempre encontraba un compás donde encajarme, donde poder compartir juntos el amor que teníamos por el arte. El ajetreo laboral era la melodía necesaria para poder entremezclarnos en la rutina, en largas conversaciones y en el análisis desmedido por cualquier tema que a nuestros cerebros dispares se les antojara desgranar. La única excusa era una buena copa de vino; la botella siempre pedía ser vaciada y nosotros solo atendíamos a sus súplicas para poder descorchar todas las que hicieran falta con tal de ordenar nuestros pensamientos al unísono. Se había convertido en mi apoyo indispensable en aquella ciudad que se dejaba descubrir diferente a todas las horas y que, poco a poco, había logrado conquistarme. Las aguas de Bilbao no sonaban como en aquellos callejones escondidos donde más de una vez jugueteé con el bajo de alguna falda, pero el olor a salitre me hacía olvidar cualquier recuerdo asfixiante de mi ciudad.

Me sentía feliz, o eso creo recordar de aquella época, de la que parte de mis recuerdos se han ido sazonando con el tiempo. A largas conversaciones, a cortas copas de vino, a trazos gruesos. Cuando mi vista no descansaba y el pensamiento corría libre, Gabi llegaba de nuevo. Su mirada oscura, seria y fija se quedaba inmóvil en mi mente. Arrancaba de nuevo mi piel, rasgaba mi calma, entorpecía mis suspiros. Gabi se quedaba en la siguiente resaca para desaparecer al siguiente lunes. Entraba sin llamar, nunca se despedía. Con Urresti nunca me atreví a hablar de ella;

si no la verbalizaba, mi mente acabaría por olvidarla, pero como un líquido derramado, se colaba en todos los surcos de mi cabeza, entraba en todos mis recuerdos, en cada una de las gotas que bebía y, después, un domingo más la expulsaba en forma de lágrimas. Era mi modo de sacarla de mí, de echarla, de intentar eliminarla, de pedirle que se evaporase y que de nuevo desapareciera como ella misma había jurado hacer.

7. DOMINGO IMPAR

Recuerdo aquel instante. Recuerdo el preciso momento. Me recuerdo parada. Petrificada. Congelada. Esperando una respuesta, esperando poder decir un «sí». Mi cuerpo estaba dispuesto a pronunciarlo de forma brusca, sin pensarlo, sin querer, sin ningún miedo. Algo me paralizó.

Urresti no podía dejar de atusar su frondosa barba al tiempo que acomodaba de forma nerviosa sus gafas de sol. El aire se colaba en la azotea de aquel hotel cercano al teatro Arriaga y revolvía los rizos de su cabello. El sol del jueves primaveral hacía que su pelo cobrizo brillara más de la cuenta. Quizás, el tiempo se suspendió como las partículas de polvo en el aire y por eso recuerdo tantísimos detalles.

Nunca hubiera imaginado haber estado sentada tan cerca de ella. Lara, la artista internacional Lara Quispe. El simple hecho de que me rozara era el reflejo de tantos momentos de mi propia intimidad. Imaginación que volaba cada vez más después de que nuestras voces se cruzaran durante semanas para poder fijar su primera exposición en nuestra galería. Mis manos solitarias solo traían a mis tímpanos su voz pausada, calmada y que conseguía causar el perfecto nerviosismo para disfrutar de las yemas de mis dedos. Yemas que solo recordaban sus suspiros cuando, en llamadas infinitas, hablar sobre la actividad de la galería se convertía en una simple excusa. Ella sabía esperar, manejaba bien los silencios mientras yo luchaba por esconder la impaciencia de que llegara el momento. Su acento me estremecía y solo pensaba en cómo sonaría cerca de mis oídos. Mi cuerpo necesitaba pasar de mis gemidos íntimos a una realidad que, posiblemente, ella ni sabía que podía existir.

Lara era imponente, se dejaba camuflar entre el verde que rodeaba a la ciudad. Era naturaleza salvaje que solo me transmitía una necesidad impetuosa de querer adentrarme en ella. Era viento, como el que se colaba en su larga trenza con la que jugueteaban sus dedos largos y repletos de anillos. Su piel había recibido todos los rayos del sol y la herencia del maíz que sus ancestros habían cultivado. Su largo vestido no impedía que intuyera su figura. Su cicatriz, que se escondía en un lateral de su cara, alteraba con disimulo mi respiración, que imaginaba mis labios correteando entre aquella tierra todavía por descubrir, queriendo sembrar en ella las caricias que llevaban tiempo almacenadas, esperando enloquecer sin que ninguna sustancia corriera por mi sangre. Sabía a la perfección que era mi propia adrenalina la que quería lanzar a mis dedos nerviosos a corretear por su piel.

El tintineo de las copas me alejó de forma instantánea de mis pensamientos con Lara. El hielo de la bebida se tomó una pausa y me cedió el papel de quedarme inmóvil, fría, helada. Mi quietud contrastaba con aquel día luminoso en el que todo parecía moverse en una perfecta armonía. Urresti no podía dejar de mirarme sonriente, «Bueno, entonces sí, ¿no?». La reiterada repetición de mi nombre hizo que volviera a conectar con el momento y respondí a Urresti con otra sonrisa. Lara Quispe estaba sentada a mi lado. Al tiempo que posaba la copa en la mesa, noté que acariciaba mi rodilla. Cuando sentí su mano presionando mi muslo comprobé que mi impaciencia era cada vez mayor y casi sobresaltada, como si de un empujón se tratase, respondí: «Sí, claro, sí». Nunca pensé que fuese a llegar ese momento y, al mismo tiempo que el destino me brindaba una nueva oportunidad, nuestras tres copas se chocaron para sellarlo.

8. DOMINGO PAR

Barajas. siete y media de la mañana. Vuelo LA 2485. Lara sigue a mi lado. Embarcamos rápido, como el tiempo que transcurrió desde aquella azotea del hotel hasta este mismo momento.

Bilbao se despide de mí. Atrás dejó aquellas noches con sus breves días, con sus lluvias incansables, con sus paseos y recorridos por mi mente que me habían enseñado a arrancar recuerdos por la ciudad sultana y mora que me vio nacer. Urresti había confiado en mí, tanto que, sin saberlo, me había enseñado a volar alto, tan alto que la tierra del cóndor me esperaba.

En poco tiempo, habíamos logrado trabajar con artistas latinoamericanos y el paso de Lara por la galería no era más que la primera puerta que abrir para poder comenzar al otro lado del charco. Su trabajo suponía un avance en el proyecto en el que Urresti quería embarcarse. Quispe escribía poesía y su obra estaba ligada al activismo. La combinación de sus letras con la reivindicación criolla era la perfecta mezcla para irrumpir en una nueva ciudad.

La Galería Urresti en Cusco con la exposición permanente de Quispe fue nuestro primer gran logro en Perú. El barrio de San Blas me permitía contemplar todo el tránsito ajetreado de vendedores y turistas. El añil que sobrevolaba mi cabeza se posaba en balcones, los niños correteaban por plazas mientras sus madres cholitas intentaban ganarse el pan con cualquier tejido que vendieran a transeúntes que, de forma ajetreada, pensaban vivir otra cultura por unos pocos días. En cierto modo, Cusco me recordaba a mi Córdoba, con aquellos viajeros agotados de su rutina gris que buscaban pintar de envidias sus anécdotas a la vuelta. La ciudad titubeaba entre el sol y la lluvia, como si el sur y el norte, por una vez, hubieran logrado un pacto amistoso y ello permitiera que el arcoíris de su bandera decorara aquel cielo azul.

Cerquita del corazón de la ciudad, mis pulmones se acostumbraban a los callejones y cuestas de un nuevo sitio donde echar raíces. Mientras, mi cerebro solo podía repetirme una y otra vez la alegría que sentía en aquel momento. Mis manos seguían soñando. La presencia de Lara allí siempre alegraba mis días, era el mejor color que podía encontrar en una ciudad donde la intensidad de los pigmentos era una de sus características. No es que Lara pasara sus horas en la galería, pero, de vez en cuando, le gustaba acompañar a visitantes y compradores caprichosos. Yo imaginaba que ese era también su capricho cuando la veía revolotear por allí. Lara sabía muy bien extender sus alas, mirarme fijamente y hacerme sentir lava. Dominaba cualquier técnica para dejarme sin palabras, titubeante con ganas de que todo el mundo desapareciera y solo quedáramos ella y yo. El almacén trasero era demasiado grande y a nosotras se nos podía quedar pequeño, capaces de apagar cualquier luz de la ciudad para que, en aquel lugar oscuro, prendiera todo al unísono, capaces de romper cualquier cristal de un solo grito de placer para que aquella tensión se cortase de una vez.

Así seguí, durante semanas, imaginando, desordenando mi mente e intentando achicar las ganas de poder besarla. Al mismo tiempo, la mirada de Lara era cada vez más fija, más tentadora, siempre seductora y en todo momento sentía que iba a cerrar sus ojos para poder besarme. Pero ahí seguían, como un ave, atenta, expectante para poder cazar a su presa. Y yo, en aquel momento, no podía bajar la guardia.

No quería volver a mis noches de Bilbao, a mis tardes de risas y domingos de resacas llorando. No quería fallarle a Urresti, que había hecho una inversión, no solo económica, para que yo estuviera allí y lo que era un proyecto común pudiera venirse abajo por el simple hecho de dejarme llevar.

Sabía que Lara iba a atraparme y que, en el fondo, únicamente estaba retrasando algo evidente. Apenas conocía a nadie en el antiguo ombligo del mundo, no necesitaba más intensidades en aquel momento, pero cuando la rutina me atrapó los huesos, me convertí en un mosquito cegado que se siente atraído por la luz y sabe que va a morir.

Y pasó.

Y volvió a pasar.

Se convirtió en mi mejor

D R O G A.

Se repetía siempre que ella quería. No hacía falta ningún tipo de reclamo por su parte, sabía perfectamente dónde encontrarla. Bajo su sombrero y entre copas de pisco y *Cusqueñas* doradas, su sonrisa se camuflaba en un ambiente que, pese a saber que tarde o temprano me mataría, no hacía más que volver a llamarme. Y, de nuevo, estábamos juntas. Una noche más que parecía olvidarse al día siguiente.

Las primeras veces sentí que su piel trigueña era la trinchera perfecta donde abrazarse, su cabello azabache el lugar donde enredarse y sus piernas el mejor rincón donde esconderme siempre que ella me dejara. Subíamos hasta aquel cielo azul que parecía estar más cerca que nunca. Los más de tres mil metros de altitud de Cusco me permitían tocar las estrellas, quemarme por el sol, fundirme en el sudor que se entremezclaba entre las dos. Gemir, gemir hasta no conocer dónde estaba. Los domingos pasaban rápido y los saciábamos con un sexo perfecto en el que mis latidos se esculpían en todas las zonas de mi cuerpo. Las resacas desaparecían, la noche anterior se prolongaba un día más entre tabaco y alcohol, los domingos seguíamos bebiéndonos y nunca nos quedábamos sin sed. Mis caladas se compaginaban con tragos, con drogas que nunca había probado, pero seguía sabiendo que Lara era más peligrosa que cualquier sustancia que entrara en contacto con mi cuerpo.

9. DOMINGO IMPAR

Lara era aficionada a jugar, a experimentar con cualquiera que anduviera entre los adoquines de las noches de Cusco. Desde la calle de Santa Clara hasta Kusipata, pasando por las bocacalles del amplio distrito de Wanchaq. Cusco conocía a Lara, el bullicio del día repleto de vendedoras con carritos, cláxones desenfrenados y gentío desbocado combinaban con su belleza; a ella le encantaba dejarse conocer, repartir su arte entre las sonrisas incansables que nunca le faltaban. Al mismo tiempo, yo, a su lado, me empezaba a sentir una desconocida, alguien a la que se enganchaba cuando no tenía otros ojos a los que hechizar aquellas noches.

Mis noches se fueron alargando, mis días eran los tormentos de las consecuencias de las horas anteriores, me creaban necesidad de seguir bebiendo y sabía que esta vida me bebería a mí.

«¿Ha pasado algo?». La voz preocupada de Urresti atendía mi ausencia, varios días sin dar señales hicieron que él comenzara a sospechar de la escasez de mis respuestas. Pequeñas mentiras, alguna excusa de poco valor para ocultar que el motivo que me llevó allí había quedado en un plano alejado.

El hueco del pecho de Lara, que antes guardaba un lugar perfecto donde apoyar mis pensamientos, se iba convirtiendo en algo aplanado, su cabello no hacía más que enmarañar mis ideas, mis labios eran simplemente un pasatiempo y mis manos sentían que tenían que acariciarla rápido. Las dos versiones de Lara: la que no quería perder mientras se enlazaban nuestros brazos y aquella imponente y sofisticada que solo se cruzaba de vez en cuando conmigo en la galería estaban cada vez más presentes para que yo me sintiera una vez más ausente del suelo que pisaba. Necesitaba estar con ella, pero, cuando estábamos juntas sabía que únicamente era un mero espejismo de la atracción que por su parte había existido hace apenas un par de meses cuando llegamos a Cusco. Cada vez que ella entraba en mi cama o yo removía las sábanas en su apartamento de San Cristóbal, me despedía con un sentimiento de haber cumplido los deseos de alguien que buscaba ser la musa de tantos sin importarle cómo, ni dónde, ni cuándo y lo que peor llevaba: con quién. Así que regresaba a casa como si hubiera rozado la luna y su luz me hubiera cegado, su piel hubiera arrasado con todo y el contacto de sus labios con los míos no lograría más que conseguir que por dentro, de nuevo, me rompiera en cien pedazos.

«Estuve hablando con Maca. Me contó de tu estancia en Cusco. Vine a visitar a mi mamá en Lima y pensé en poder vernos. A veces, te echo de menos».

«Pensé en poder vernos». Un año y medio. Un año y medio después, el mensaje de Gabi me destrozó el estómago, me quebró cualquier tipo de conexión que aún me quedaba conmigo misma. Pateó mi estabilidad y me hizo querer estar más con Lara, engancharme a ella para hacerme pensar que había olvidado a Gabi. Todo era mentira.

Me sentía sola, demasiada gente nocturna que desaparecía cual hiena al salir el sol, poca compañía con la que hablar más allá de la piel, demasiados pasajeros de alcohol sin algodones para curar las heridas. Sola, utilizada por una Lara que se había convertido en alguien con más prestigio en el mundo artístico del que podía soportar, alguien que no merecía semejante belleza y que había llegado a ser incapaz de mirar más allá de su propio ombligo. Nuestra relación se había transformado en un mero trueque: era la pausa entre mis cigarros que, como nicotina, no podía dejar de fumar. Para ella, era solo una calada más.

«Pensé en poder vernos». Taladraba mi mente.

«¿Ha pasado algo?». Se adentraba en mi pensamiento para arrastrarme a la realidad.

«Pensé en poder vernos». Otra vez.

Quizá solo Gabi y Urresti eran las personas que menos merecían mi olvido.

La mirada de Urresti tras sus cristales empañados me venía a la cabeza pese a los kilómetros; su gesto de preocupación no hacía más que romper los pedazos que quedaban de mí. Me sentía incapaz de pedirle ayuda, paralizada por no saber hacia dónde corría mi tiempo, así que decidí marcharme. La tensión imperfecta con Lara fue la causa ideal para pedir unos días de parón y Urresti quiso comprenderlo. Pero supe que solo era un voto de confianza por nuestra amistad y un gesto de desconocimiento a mi ansiedad nocturna y aquellos llantos de tantas copas que solo causaban más jirones en mi piel.

«Pensé en poder vernos». Así, como quien actúa por impulso, como quien no tiene nada que perder, me tiré de nuevo al mar como si el único salvavidas que estuviera a mi alcance fuera ella. Corrí a su encuentro, a volver a sentirla, al calor de un hogar que, quizá, nunca debería de haber desaparecido.

10. DOMINGO PAR

Y nos miramos.

11. DOMINGO IMPAR

Y no pude dejar de mirarla. Cuando nos encontramos en aquella cafetería de Lima cerca del distrito de Miraflores, sentí que mi voz estaba dormida, quebrada, agazapada, tartamuda y, definitivamente, me quedé sin palabras. La voz que se echó a dormir y despertó en otra cama, con otro suspiro, con otra mala pesadilla que, apoyada en la almohada, quería repensarse de nuevo. Como una tonalidad aguda que todas las mañanas afina sus cuerdas vocales para gritarle al mundo y que sus bemoles suban hasta las nubes para, después, dejarse quemar al sol; esa voz que tantas veces me hacía sentir poderosa, en aquel momento había desaparecido. Me quedé inmóvil mirando de nuevo a Gabi frente a mí, como si no hubiera pasado el tiempo, como si fuéramos la misma persona a las que la vida les daba segundas oportunidades.

Ella habló, habló todas las palabras que se quedaron sin decir en aquella última noche y muchas otras más, como si ya no se ahogara. La salvadora, la patrona de las causas justas, la persona en la que su pequeña familia confiaba salió volando aquel día para ayudar, esta vez, a su hermana Lina. Nunca me hablaba de su familia, lo ocultaba como quien no quiere ver una realidad, ya que sabe que el color negro oscuro es el tono que la describe. Gabi se había criado en un hogar de niñas cuando su madre no podía hacerse cargo de ella ni de su hermana, pero nunca quería hablar de ello. Yo la respetaba; la escuchaba cuando algunos recuerdos se escapaban de su silencio, nunca preguntaba ni juzgaba y la abrazaba siempre. Y así lo hice una vez más.

Gabi pudo estudiar, trabajar, ganar algo de dinero y seguir creciendo lejos de un lugar donde se difuminaba el futuro cada mañana. Su hermana pequeña, con la que apenas se llevaba dos años, había seguido un camino bien diferente. Los ojos verdes de Lina no habían podido ver ningún golpe de suerte, más bien todo lo contrario, desde aquella Lima que la estaba viendo morir. Gabi, por primera vez, me habló de ella, de su debilidad, de la incapacidad de su hermana para olvidar aquellos momentos de cuando era niña y pasaba los fines de semana esperando la visita de su madre que nunca llegaba.

Cuando Gabi tenía poco más de veinte años logró viajar a España, comenzar gracias a un amigo más mayor en una ciudad nueva. Enlazó trabajo precario tras trabajo precario. De Madrid a Valencia, de Valencia a Zaragoza, de allí hasta Murcia, veranos en la costa y, por fin, llegó a Córdoba. A aquella Córdoba que nos presentó, que nos regaló cientos de cigarros juntas, que calada a calada nos iba enamorando y que, para mí, no importaba cuantas horas tuviera por delante mi jornada laboral; al acabar, en los descansos, si estaba ella, lo demás parecía desaparecer.

Su piel recogía heridas y en su alma quedaban tantas cicatrices que hubiéramos necesitado otra vida nueva para sanarlas. Sus ojos escondían más lamentos que sonrisas y el misterio de su existencia solo me invitaba a cuidarla cada noche para que, cuando cerrara los ojos, sus fantasmas no se atrevieran a aparecer de nuevo y se desvanecieran al ritmo de tango.

Detrás había dejado su vida: su hermana, sus amigos y tantos llantos retenidos que una vez en España, cuando el río Guadalquivir reflejaba el ocaso del día en sus aguas, cuando las aves cesaban su vuelo sobre la ciudad califal y daban el nuevo sonido a las calles, sus lágrimas viajaban allí, retornaban como huracanes de miedo, rabia y culpa. Sus ojos eran la mirada fija de un cóndor en el preciso momento de alzar el vuelo, un felino que buscaba su terreno, alguien que serpenteaba sobre tierra mojada para calmar sus heridas, pero que, al mismo tiempo, seguía lastimándose . Gabi estaba convencida de que esta era su única manera de sobrevivir, pudiendo imaginar su propio horizonte, siempre mordido por cientos de hogueras. El origen de su comportamiento era aquello que pataleaba a mi ser más originario, haciendo al mismo tiempo comprobar que las dos teníamos una misma esencia: dejarnos morir. Eso era lo peor de Gabi y también mío, que nunca salía del dolor y su silencio hacía más hondo su daño, más profundo el calvario que llevaba dentro, más oscuro su futuro y el nuestro. No me costaba trabajo imaginar; todos mis esfuerzos los centraba en mantener un pulso entre mi calma y su bienestar. Mis brazos se habían convertido en un molde perfecto cuya función principal era la de que Gabi no se dejara verter, no se derramara para no seguir lastimándose, para no seguir matándonos.

Nuestro equilibrio con el paso del tiempo se encontraba en el dolor; habíamos olvidado poco a poco la alegría que compartimos y solo pude darme cuenta de todo ello cuando Gabi se había ido.

Supe que le habían cosido el cuerpo sin ningún tipo de puntada perdida. Le hicieron un nudo en el estómago que se disolvía en la garganta. Le prometieron más primaveras para superar los abriles lluviosos y cantaba a la luna llena cuando ningún lobo andaba cerca desde que se fue. No tenía ningún pespunte de más en todo el pecho y la tela de sus recuerdos se resbalaba por su cuerpo sin ataduras. Nadie le dijo que cada hebra iba marcando su destino, pero ella sola se había zurcido sus alas. Su acompasar sonaba al de una máquina de coser sin bobina, como si un hilo transparente le diera puntadas invisibles a su alma. Había tejido olvidos al compás de su cenefa, de su ritmo más innato, cenefa repetitiva que no era otra que sus pies andando por arenas movedizas y embarradas. «Coser y cantar» le dijo a la vida y mientras las agujas le querían rasgar las cuerdas vocales, ella había descosido más Odiseas que nadie, bordando en relieve la forma de esas alas que solo buscaba que le hicieran ser libre.

Gabi pudo contarme más que cuando su portazo rompió todos nuestros planes. En el momento en el que Córdoba comenzaba a florecer, cuando los patios se vestían de color y el tránsito de vecinos y turistas empezaba a ser insoportable, Gabi recibió una llamada que le haría escapar.

Una voz masculina, seria, calmada, con un acento que siempre había añorado, pronunció sus apellidos y el nombre de su hermana.

«Familiar de». El silencio hizo que aquella voz tuviera que repetir el nombre de nuevo. «Sí, sí, yo».

Una semana después, Gabi estaba allí, en el Hospital Nacional de Lima. Nunca supe nada del motivo que le llevó a regresar. Tras haberle llorado días y noches, tras haber bebido hasta convertir mis domingos en resacas, en ese momento, solo entonces, sabía que no tenía más destino que cuidarla.

Lina hacía tiempo que caminaba a contrapié, que su ritmo descuidado había comenzado a aniquilar su vida, culpable de una infancia desdeñada, perdida en un desamor enlazado con otro. El diagnóstico dictaba «intoxicación etílica y consumo de estupefacientes», pero su historial era todavía más complejo que todo eso.

No era su primer ingreso; sus noches de frío, el descuido de su salud, las compañías siempre infernales y la mala suerte con la que le había recibido siempre la vida fueron el cóctel perfecto para que Gabi no viera otra opción que tomar aquel avión y unir su culpa a la de su hermana. Gabi, en aquel momento, no quería que nadie le parara los pies y no le quedó otro remedio que volar, volar de nuevo a su Perú natal. A aquel Perú donde el día madruga temprano, donde se lucha por trabajar, donde la fuerza del dios Inti sigue iluminando el paso del tiempo. Todos los tiempos menos el de Lina, que había depositado su vida en un laberinto que parecía no tener salida.

Gabi pasó más días de los que podía gastar junto a su hermana. Buscaba desenfrenada una solución y todo su dinero voló entre clínicas, diagnósticos y tratamientos que apenas dieron resultado.

Cuando juntas compartían un pequeño apartamento, Lina desapareció. Una noche, como tantas otras, no volvió. Gabi no le dio apenas importancia, pero su fracaso se unía a más noches en vela esperando que regresara. Arequipa, la ciudad blanca, le dio la luz. Lina contactó con ella tras veinte días sin dar señal. Agotada, se decidió a escribirme.

Agobiada, con su respiración incansable, con su voz quebrada y el palpitar de su corazón acelerado, Gabi apenas podía hacerse cargo ella sola de su hermana. Su cerebro no podía idear más caminos para que Lina no se hundiera. Es posible que yo siguiera siendo la única balsa de salvación que sabía que podía funcionar. Aunque luego descubriera que no era únicamente este el motivo que le llevó a escribirme.

Gabi me pidió que la siguiera: me rogó, me suplicó, incluso la vi llorar más mares que ninguna otra vez. Dudé, mi cobardía con Urresti actuó y, sin mucha explicación, busqué a alguien entre mis contactos que pudiera sustituirme en la galería. Mi valentía con Gabi me dijo que no tenía nada que perder. Había vuelto y no quería volver a dejarla marchar. Conocer más a fondo su historia me hizo desarrollar un sentimiento de compasión.

Nos fuimos a Arequipa siguiendo las huellas de su hermana. En el avión me olvidé de todo; sin ningún tipo de motivo ni explicación, dejé atrás tanto como le había llorado: todo. Su mano trigueña me apretaba fuerte como si aquel avión no nos sirviera para poder seguir volando, pero nuestras manos enlazadas parecían el mejor símbolo para hacer frente a todo lo que nos viniera.

El Colca, impetuoso e imponente, nos anunció los pocos minutos que nos quedaban en el aire. Mis pies pisaron tierra; hacía tiempo que no sentía tanto miedo como libertad. Una libertad que, tarde o temprano, sabía que me iba a ahogar.

En el barrio de Yanahuara, en un pequeño apartamento, más allá de sus empedradas aceras, con el calor soplándonos la frente y las flores a medio marchitar, Gabi y yo quisimos recuperar nuestro tiempo perdido. Nuestros labios casaban de nuevo como piezas de dominó que buscan incansablemente encontrar otra ficha para terminar con éxito la partida. Nos acariciamos sin prisa y comenzamos a hacerle la competencia a los volcanes que nos rodeaban esos días.

Las manos de Gabi supieron narrarle a mi cuerpo todas las caricias que había echado de menos, llegando a echar de más aquellos besos que quería que se quedaran en mi pecho. Besos que antes no me importaba regalar a cualquiera que se quedara clavada en mis ojos por menos de dos segundos. La imagen de Lara Quispe y tantas otras noches sin luz eran un vaivén en mi mente. Comprendí que nada de lo que había vivido era comparable a lo que sentía cuando Gabi me abrazaba.

Me abrazaba y nos agarrábamos, estrujábamos nuestros cuerpos, el uno sobre el otro. Sus manos comenzaron a trazar nuevos mapas en mi piel y a poco que el silencio se hacía notar, estábamos preparadas para romperlo en mil pedazos y gritar de placer a cada instante.

Volvimos a reescribirnos nuestras huellas, que recorríamos con la misma intensidad que en ese tiempo en el que nos conocimos en aquella judería silenciosa que solo se alteraba al escuchar suspiros entrelazados, susurros que aceleraban las horas y despedidas que se hacían excesivamente largas.

Nuestros pelos enmarañados no serían más que el símbolo de las ideas que Gabi tenía en la cabeza. Madrugamos, tras una noche en la que el mundo no importaba: era el momento de seguir buscando a Lina, quien nunca había dejado de ser el mundo de Gabi.

Tras una semana de búsqueda exhaustiva, siguiendo los pasos de Lina, tras recorrer clínicas y hospitales, hablar con aquellos que podían conocer sus huellas y visitar los barrios donde podía perderlas, dimos con ella.

En el sitio donde quedan los recuerdos que no llevan fotografía, en el lugar donde están las miradas cuando parece que todo se ha perdido, en el rincón que permanecen los abrazos rotos y en los recovecos del llanto más amargo, allí, por fin, pudimos encontrarla. Se posó nuestra alegría más agridulce. Ese sitio, el lugar, el rincón y el recoveco que se tiñó al instante de las flores más marchitas fue como un puñal que se clavó en mi pecho. Cuando vi a Lina me sentí reflejada en ella; pude ver mi futuro incierto, mi tambalear en la vida, aquel camino que, por suerte, todavía no había terminado y que, por desgracia, aunque yo todavía no lo supiera, me encontraba en él. Lina había perdido la mirada, me hizo dudar de si alguna vez sus ojos la tuvieron.

Cerca de callejones sin salida donde se ahogan las penas y se compran las alegrías, al lado de donde se matan los sueños y muere la vida. Entre hombres sin alma y mujeres que venden la suya, allí se encontraba temblando, con las pupilas petrificadas y la piel llena de marcas, la hermana pequeña de Gabi.

Fue sencillo sacar de allí a alguien que vive la vida anestesiada y busca, todavía más, permanecer dormida. Su tratamiento fue más lento de lo que esperábamos y en aquel tiempo en Arequipa me permití recorrer todos los callejones empedrados de la ciudad. Lina necesitaba a su hermana y Gabi, en ese momento, no atendía a otra cosa. Tal lógica la pude entender, tanto que mis ahorros de los últimos meses en Cusco comenzaron a tomar forma de ayuda, a costear los tratamientos, el alquiler del apartamento y todo lo que fuera necesario para alguien que necesitaba tanto. Pero nada era suficiente y aquella ciudad no le daba a Lina la luz que necesitaba. Lima, la capital, el lugar donde nadie se conoce, donde las prisas toman las aceras y la pobreza mira al horizonte adentrándose en un océano inmenso, era la única posibilidad que teníamos para seguir ayudando a Lina.

Mis horas muertas en aquella gran ciudad las ahogaba en alcohol y el humo de mis cigarros era mi compañero más fiel. Mis días frente al mar en el barrio de Barranco solo me dejaban pintar una realidad edulcorada que sabía que nunca iba a existir. Las noches me esperaban entre las azoteas, queriendo eliminar de mi mente, a base de tragos y más tragos, mi verdadero y sinsentido día a día. Empecé a comprender que Gabi no me quería para cuidarla, ni siquiera para acompañarla, que no habría más fotos, ni miradas, ni abrazos, ni besos de buenas noches. Fueron esas las que empezaron a apagarse: noches de dejar todo atrás e intentar querernos de nuevo y llegaron las de los reproches, las de las verdades a medias, las de «sabía que esto iba a pasar» y las de «he dejado todo por ti y así me lo pagas».

Me había convertido en una mera máquina de facilitar dinero a Gabi. Su frialdad solo hizo más que hundirme de nuevo, reducirme a la nada, despersonalizarme. Solo tropezaba una y otra vez con mis fantasmas, con los que tantas veces había hablado y me había prometido no volver a hacerlo. Calada tras calada, me fui consumiendo, apartándome del mundo; estaba sola. En el puente de los Suspiros, donde los turistas se agolpaban para pedir sus deseos, rodeada de belleza por el arte de sus paredes, con el único sonido de pájaros que parecían sobrevolarme para esperar mi muerte y comerme cual carroña, solo pedía volver atrás para encontrarme. Otros días, al contrario, pensaba en lanzarme hacia delante, hacia ninguna otra parte. No había nadie con quien hablar, tan sola que me convertí en una desconocida para mí, tan sola que empecé a olvidar quién era, a dónde quería llegar y mi voz comenzó a parecerme extraña, a retumbar en mi cabeza, a aniquilar mis emociones, a perder cualquier sentido que me conectara de nuevo con eso: con la vida.

Me destruí, me hice llorar hasta hacer sangrar a mi corazón, estaba sola y mi barca se estaba hundiendo. Decidí deshacer mis propios pasos, borrar cualquier resquicio de mis últimos meses. El Perú que me había enamorado me presentó a alguien que me hizo no saber quién era, llegando a perderme hasta querer desaparecer.

A punto de deshacerme en mil añicos,
borré tus ojos negros de mis respuestas,
sin ningún volver ni ningún empezar.

Como el último latido de un luchador,
me aferro al frío sin fuerzas,
ya no encuentro mi paz.

Quiero que acabe este momento.
Que todo rompa este silencio.
Lo siento cariño, no puedo más.
Lucha eterna entre amor y libertad,
mi vida se está convirtiendo en una jaula
que no me deja volar.
Mi veleta marca otra dirección,
ahora que me has dejado escapar.
¿Por qué todo o nada?
Ya no puedo con este mismo mar,
en mi barca no entra nadie más.
Me ahogo.

Regresé a Bilbao como último intento para rescatarme. Intenté huir de mí misma, de esa parte que solo quería destruirme. Quise olvidar, con la distancia, a cualquier rostro que me recordara lo más mínimo a mis grandes errores.

La lluvia no hizo más que empaparme los huesos, quebrarme por dentro, arrancar las vísceras de cualquier palpitar que quisiera sobrevivir en aquella ciudad oscura haciéndome olvidar de dónde venía. El tiempo no supo enseñarme hacia dónde quería ir, llegar, vivir, lanzarme de nuevo al mundo, descubrirme. Los días largos solo me hicieron saber que bajo aquellas escamas que iban transformándome en pez sin agua, no había nada; me sentía tan vacía que ni siquiera podía escuchar a mi propio eco.

12. DOMINGO PAR

Quise que todo se apagara.

13.

Quise que todo se apagara, pero no fue así y amanecí inmóvil frente a aquel techo blanco. Frente a aquellas paredes. Frente a nada. Reflejo de lo que mi vida se había convertido. A mi derecha, un gran ventanal dejaba que entrara una luz que iluminaba todo.

Mi historial es claro:
Milagros Elías Sáez
36 años
02:34. Madrugada del domingo.
Ingreso procedente de urgencias
(consultar resto de historia clínica).
Dx: Intento autolítico.

Los pájaros de mi cabeza han cambiado su cantar, el pitido rítmico de una máquina es la única que se atreve a romper mi silencio. La lluvia quiere colarse por la ventana y esa será mi única compañía durante semanas, al menos que yo pueda recordar. Mis días son domingos, uno tras otro; he perdido la cuenta del tiempo que he pasado mirando a la nada en esta blanca habitación. He vivido demasiado rápido, mi vida la he ido dejando demasiado lenta tirada por el camino. Quizá, estas cuatro paredes y mi cabeza adormilada sean el paso inesperado que necesitaba para seguir respirando, una respiración entrecortada que ahora solo busca las respuestas a tantas preguntas que ni siquiera yo atrevo a hacerme.

Siento que alguien coge mi mano. Suspiro. Sus ojos llorosos no pueden dejar de mirarme, sus gafas empañadas y su barba a medio afeitar me dejan ver a Urresti después de mucho tiempo. No puedo pronunciar palabra, él tampoco, pero lloramos, lloramos juntos, nos pedimos perdón y comprendo que él nunca se había ido. Ahora, ya estoy de vuelta.

Urresti escucha todas aquellas palabras que se me habían quedado atascadas en mi garganta, que me habían causado una ronquera insoportable, un silencio que me había acercado a la muerte, que había silenciado mis días. No necesitaba más aire en estos pulmones que habían olvidado respirar.

Ahora, he vuelto a la superficie, como una nadadora que recorre una piscina olímpica buceando y ha sentido que ha perdido toda su energía por el camino, pero que, por fin, toca la orilla.

14.

Son demasiados domingos en esa sala vacía, fría y, aunque sigo sin soportar esa luz de pescadería, quizá a todo nos acostumbramos cuando la vida te da una segunda oportunidad. «Mila, me alegra volver a verte y poder escucharte». De nuevo, enfrente de ella, me ha cosido la piel tras desinfectar mis heridas, tras ayudarme a adentrarme en mí, tras rescatarme cuando no había nada a lo que aferrarse. Como un ovillo de lana, pudo abrir mi cabeza y hoy sigue ayudándome a desenredar mi madeja. Ahora, puedo pensar. Y volver a suspirar.

En este momento es cuando comienzo a sentir que estoy viva.

Rescaté todos mis trozos para pegarlos.
Borré los pensamientos para escribirlos de nuevo.
Es momento de volver a empezar.

Como el último latido de un luchador,
me aferro ahora con todas mis fuerzas,
encuentro mi paz.

Tiene que ser mi momento.
Que nada rompa este silencio.
Lo siento cariño, ahora soy yo.
Me construyo de nuevo entre amor y libertad,
mi vida se está reconvirtiendo
para volver a volar.
Mi veleta marca otra dirección.
No es tiempo de escapar
ni del todo o nada.
He cambiado de mar.
Aprendí a nadar.

EPÍLOGO

Sergio Tubío Rey (Bilbao, 1978)

Bombero, impulsor y coordinador de la unidad de intervención en tentativas de suicidio (ITS) del Ayuntamiento de Madrid.

En agosto de 2008, realicé mi primera guardia como bombero, tras casi cinco años de oposición, en el Parque número 3 de Bomberos del Ayuntamiento de Madrid, situado en la Puerta de Toledo. Recuerdo con claridad los nervios de los días previos y los nervios de aquel tres de agosto. No quería que pasaran esas primeras veinticuatro horas, en las que, por fin, pude montarme en esos camiones rojos que cruzan la ciudad con el objetivo de dar solución a incidencias de todo tipo y con la vocación de ayudar a la ciudadanía.

Fueron pasando los días, las semanas y muchas guardias se fueron acumulando.

Pasados unos meses, y de manera natural, fui haciendo balance de mis primeros pasos como bombero. Incendios, accidentes de tráfico, árboles en mal estado, inundaciones, rescates de animales (si, también rescatamos gatos) y, entre todas las intervenciones, había una de la que no me habían advertido: las crisis suicida. Empecé a preguntar a los bomberos más veteranos y no había ninguno que no tuviera en su recuerdo algún rescate o final trágico.

No fue fácil hacer aquella recapitulación, ya que comprendí, en primera persona, la envergadura de este problema.

Sin contar las muertes por causas naturales, el número de personas que había visto fallecidas por suicidio era superior a la suma de muertes en incendio y accidentes de tráfico. Los siguientes años no hicieron más que confirmar esta triste estadística.

Esta realidad social que nos encontramos los servicios de emergencia me llevó, junto a otros compañeros y psicólogos, a crear una unidad formativa especializada en crisis suicida, con el fin de dotar de conocimientos, procedimientos y entrenamiento, hasta ese momento inexistentes, para poder afrontar estas situaciones con mayor seguridad. Tratar, en definitiva, de ofrecer una mejor atención a las personas que están, posiblemente, pasando el peor momento de sus vidas.

Fue a raíz de la creación de dicha unidad y de los procedimientos desarrollados donde coincidí con Itxaso en el 2022, en un congreso celebrado en el Palacio de la Aljafería, en Zaragoza. Creo que lo primero que me llamó la atención de ella fue la manera con la que me escuchaba en la ponencia que me tocó desarrollar y unos ojos abiertos de par en par que absorbían cada idea que pudiera ayudarla a seguir ayudando en su día a día. Desde aquel momento, nos unió una amistad que fue creciendo y que me ha traído hasta aquí. Desde entonces, hemos participado juntos en distintas iniciativas, conocí el proyecto de cooperación que, junto a Alba, llevaban en Perú y, ahora mismo, mientras estoy de guardia, me dispongo a sellar la última de las propuestas. Una de las que, sin duda, más ilusión me produce.

No es fácil entender la conducta suicida. Tratar de comprender qué lleva a una persona a querer quitarse la vida conlleva reflexiones profundas y preguntas que no siempre tienen respuesta. Lo que sí sabemos es que la inmensa mayoría de personas que tienen estos pensamientos sienten una desesperanza, un sentimiento de incomprensión y un sufrimiento que se ha vuelto insoportable.

Piedras que van llenando la mochila de nuestras vivencias personales hasta que, si no encontramos ayuda, pueden hacer que nuestras piernas flaqueen y caigamos de rodillas. Quizás, esa última piedra parezca insignificante a ojos de otras personas, pero lo que debemos entender es que no es una piedra sin más, sino una piedra más en una mochila que pesa demasiado. Cual gota que ha colmado el vaso. O como una pequeña nube que asoma en el horizonte, en el cielo despejado de nuestros pensamientos, pero, poco a poco, se va haciendo con todo el espacio azul, sin apenas darnos cuenta, y cubre todo nuestro ser de un gris plomizo, denso e inabarcable.

Son esas piedras de Córdoba, esas nubes de Bilbao, lugares donde transcurre la historia, las que sirven de metáfora para intentar transmitir lo que puede sentir una persona, cuando siente que ya no puede más.

Algo que consiguen Alba e Itxaso con este manuscrito que rebosa delicadeza y crudeza. Un libro con la maravillosa capacidad de ofrecer respuestas a las preguntas anteriormente mencionadas, que da voz a las personas que han sufrido hasta tal extremo. Que nos muestra que, en la vida cotidiana de cualquiera de nosotros, esas nubes pueden aparecer.

Que este libro nos sirva de herramienta para saber cómo acercarnos a personas que puedan tener ideación suicida. Que nos ayude a integrar en nosotros recursos como empatía, escucha activa, compasión y cercanía. Que facilite que nos atrevamos a preguntar *¿cómo estás? ¿necesitas algo? ¿quieres hablar de tu dolor?* y que, con la misma valentía, escuchemos con serenidad: sin emitir juicios, sin frases huecas y vacías. Que acompañemos en el dolor y en la tempestad. Que nos convirtamos en el faro que guíe hasta puerto seguro.

Recuerda, no estás solo, no estás sola.

Porque hablar del suicidio no lo fomenta, lo que mata es el silencio.

NOTA DE LAS AUTORAS

Más de 4.000 personas se suicidan en España al año. Ello supone una media de once personas al día que se quitan la vida. Más que quitarse la vida, deciden dejar de sufrir, decir «hasta aquí», «no puedo más» o «quiero acabar con este dolor». En muchas ocasiones, lo sufren en silencio, lo llevan dentro, no lo exteriorizan y callan. Y es que uno de los graves problemas sociales y políticos es el silencio, no hablar de suicidio, seguir teniendo a la salud mental como un gran tabú y al suicidio como una gran nube negra que no puede ocultarse, pero que todavía hay miedo a abordar, a hablar de suicidio.

Cabe añadir a las preocupantes cifras aquellos intentos, las conductas autolíticas y la ideación de carácter suicida. Tras cada cifra hay una historia, una vida, una familia, unos amigos, un porqué que no se resuelve, una nota o la ausencia de ella, un recuerdo y un seguir sin esa persona. Por ello hemos querido escribir esta historia, porque no todos los finales son felices ni todas las ayudas llegan a tiempo. En ocasiones se sobrevive, un largo tratamiento y un volver a empezar con un pasado doloroso en el recuerdo; en otras, no es así.

A través de esta historia, de este cuento narrado en primera persona, queremos invitar a quien se adentra en sus páginas a reflexionar, a empatizar con el dolor, a no juzgar la vida del resto que cada cual interpreta, vive y siente. A comprender, desde una propia mirada, la necesidad de generar una gran red social que trabaje en la prevención del suicidio. No siempre es necesario un detonante llamativo y alarmante para que la vida se vea tambaleada y se quiera acabar con ella. Aparentemente, para los ojos de quienes no la sufren puede ser tan correcto, tan claro o tan evidente que existen otras soluciones, pero solo es aquella persona que sufre y calla quien realmente padece cada día. Comprender que el suicidio no es «un acto libre y voluntario» es aceptar que está condicionado por un sufrimiento que hace de la vida algo insostenible.

La ayuda en ocasiones puede venir desde alguien profesional, pero no siempre se tiene acceso, conocimiento o la idea previa de la importancia que debe cobrar la salud mental para poder acudir a profesionales y personas expertas en la materia. Es por ello que frenar las cifras es una labor propia de una sociedad que avanza, es un acto de solidaridad y amor hacia la vida que debemos de ejercitar llegando entonces a generar un sentimiento preventivo en cada una de las personas que conformamos esta sociedad. Y es que crear red, generar tejido de cuidados, no había sido nunca tan vital.

La protección a la vida pasa por el trabajo de profesionales colaborando en red, desde la psicología, la psiquiatría, el trabajo social, la educación y tantas otras, hasta todas aquellas personas que han sobrevivido a un suicidio, que han vivido el de un ser querido, quienes buscan ayuda desde la desesperanza o quienes cuidan y también deben ser cuidados. Un engranaje complejo, pero necesario, desde la sanidad y lo social. Los factores de riesgo psicológicos, sociales, culturales o de otra índole debido a la experiencia vital deben y merecen un abordaje sosegado y, al mismo tiempo, con la requerida contundencia para que la prevención sea alcanzada y poder trabajar en la protección de la vida. La prevención, sin duda, será más eficaz cuanto antes se ponga en marcha y para ello la despatologización social, la detección a tiempo y el abordaje integral son tan necesarios como fundamentales.

Dejemos de edulcorar el sufrimiento, haciendo frente a una problemática de la que todas las personas nos debemos hacer eco como es el suicidio.

Démosles voz a las mujeres para que sus historias, aún más invisibles, sean siempre contadas.

Sigamos poniéndoles nombres a las historias, nombres propios, pongámosle vida real, donde la orientación sexual enfocada dentro del colectivo LGTBIQ+ no sea la temática que rige la novela, queriéndola centrar en lo cotidiano ayudando al mismo tiempo a que sean visibles.

Hoy por Mila. Por todas y cada una de las que sufren, por las que se fueron y para que, poco a poco, paso a paso, logremos que no haya más historias que contar.

ANOTACIONES AL MARGEN

Cada capítulo se alinea entre el par y el impar de los domingos. Tomando de referencia la imagen del torito de Pucará, en la región de Puno (Perú), este amuleto, protector de las casas, simboliza siempre la pareja, las partes positivas y negativas de la vida. Desde esa balanza, hemos querido mostrar los momentos de subida y de bajada que en ocasiones presenta la vida y que pueden estar presentes en la antesala de una depresión, que, a su vez, es el paso inicial en gran número de ocasiones del suicidio. Véase que aquellos domingos pares resultan de mejores noticias a la inversa con los impares, sin suponer por ello que se refieran a una línea

cronológica y estrictamente semanal, más bien una ordenación simbólica de la vida de nuestra protagonista, desapareciendo el título de los propios capítulos cuando la vida de la protagonista deja de tener sentido para ella y busca dejar de sufrir.

Apréciese, tras la lectura de esta breve novela, que toda ella acontece en un mismo lugar: las terapias junto a la psicóloga en un centro sanitario. Todos los relatos son fruto del recuerdo de la protagonista principal. Así, hemos querido valorar el trabajo de quienes, día a día, ayudan a la recuperación desde la profesionalidad y el rigor científico, poniendo en el centro la importancia del tratamiento desde el aporte, seguimiento y trabajo terapéutico.

Mila no cuenta con una red fuerte en el plano familiar, apenas relata su vida anterior a la juventud, su círculo de amigos es de débil peso emocional, pero la figura de la amistad, de una amistad, es primordial para seguir este camino de recuperación y salud que ahora ha emprendido.

Gracias a todas aquellas personas a las que tanto queremos que leyeron, anotaron y ayudaron a mejorar aquella Primera edición artesanal publicada inicialmente en Cusco.

Gracias a Sergio, por ayudarnos hasta el epígrafe y en las últimas puntadas de este libro, a él y a tantas y tantos que siguen tejiendo por la prevención del suicidio.

Gracias a Raúl, nuestro editor, por confiar en nosotras.

Gracias a quienes nos abrazaron y siguen haciéndolo cada día para que este sueño sea posible.

Gracias a la vida que nos está dando tanto.

Gracias Alba por cruzarte en mi camino, darles ideas a las letras y seguir enseñándome el significado de la amistad.

Gracias Itxaso por enseñarme tanto, acoger, dar luz y fuerza a todas y cada una de nuestras ideas de esa forma tan maravillosa.

ÍNDICE

PRÓLOGO 9

1. DOMINGO IMPAR 11

2. DOMINGO PAR 13

3. DOMINGO IMPAR 17

4. DOMINGO PAR 19

5. DOMINGO IMPAR 21

6. DOMINGO PAR 23

7. DOMINGO IMPAR 29

8. DOMINGO PAR 33

9. DOMINGO IMPAR 37

10. DOMINGO PAR 41

11. DOMINGO IMPAR 43

12. DOMINGO PAR 55

13. 57

14. 59

EPÍLOGO 61

NOTA DE LAS AUTORAS 65

ANOTACIONES AL MARGEN 69